90s Hits
The Chord Songbook

Playing Guide: Relative Tuning/Reading

GW00503674

Wise Publications
London/New York/Paris/Sydney/Copenhagen/Mad

6.95

Exclusive Distributors:

Music Sales Limited
8/9 Frith Street,
London W1V 5TZ, England.
Music Sales Pty Limited
120 Rothschild Avenue,
Rosebery, NSW 2018, Australia.

Order No. AM959728
ISBN 0-7119-7778-X
This book © Copyright 2000 by Wise Publications

Compiled by Nick Crispin
Music arranged by Rob Smith
Music engraved by The Pitts

Cover photograph (Robbie Williams) courtesy of Rex Features

Printed in the United Kingdom by
Caligraving Limited, Thetford, Nolfolk.

Your Guarantee of Quality
As publishers, we strive to produce every book
to the highest commercial standards.
This book has been carefully designed to minimise awkward
page turns and to make playing from it a real pleasure.
Particular care has been given to specifying acid-free,
neutral-sized paper made from pulps which have not been
elemental chlorine bleached. This pulp is from farmed sustainable
forests and was produced with special regard for the environment.
Throughout, the printing and binding have been planned to
ensure a sturdy, attractive publication which should give years
of enjoyment. If your copy fails to meet our high standards,
please inform us and we will gladly replace it.

Music Sales' complete catalogue describes thousands
of titles and is available in full colour sections by subject,
direct from Music Sales Limited. Please state your areas of interest
and send a cheque/postal order for £1.50 for postage to:
Music Sales Limited, Newmarket Road,
Bury St. Edmunds, Suffolk IP33 3YB.

www.musicsales.com

Relative Tuning

The guitar can be tuned with the aid of pitch pipes or dedicated electronic guitar tuners which are available through your local music dealer. If you do not have a tuning device, you can use relative tuning. Estimate the pitch of the 6th string as near as possible to E or at least a comfortable pitch (not too high, as you might break other strings in tuning up). Then, while checking the various positions on the diagram, place a finger from your left hand on the:

5th fret of the E or 6th string and **tune the open A** (or 5th string) to the note Ⓐ

5th fret of the A or 5th string and **tune the open D** (or 4th string) to the note Ⓓ

5th fret of the D or 4th string and **tune the open G** (or 3rd string) to the note Ⓖ

4th fret of the G or 3rd string and **tune the open B** (or 2nd string) to the note Ⓑ

5th fret of the B or 2nd string and **tune the open E** (or 1st string) to the note Ⓔ

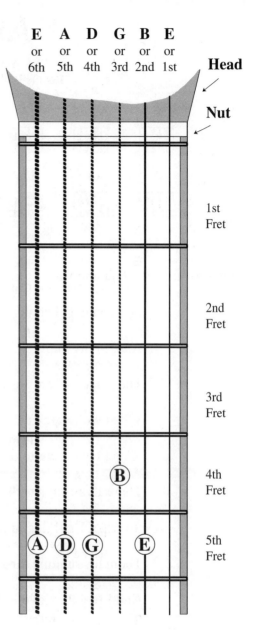

Reading Chord Boxes

Chord boxes are diagrams of the guitar neck viewed head upwards, face on as illustrated. The top horizontal line is the nut, unless a higher fret number is indicated, the others are the frets.

The vertical lines are the strings, starting from E (or 6th) on the left to E (or 1st) on the right.

The black dots indicate where to place your fingers.

Strings marked with an O are played open, not fretted.

Strings marked with an X should not be played.

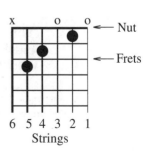

Angels

Words & Music by
Robbie Williams & Guy Chambers

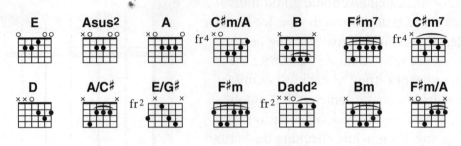

E   Asus² A   C#m/A B   F#m7   C#m7

D   A/C#   E/G#   F#m   Dadd²   Bm   F#m/A

Verse 1

  E
  I sit and wait,

    Asus² A C#m/A B
Does an angel contemplate my fate?

   E
And do thy know

The places where we go

    Asus² A C#m/A B
When we're grey and old? _____

  F#m7
'Cos I have been told

  A   **C#m7** **A**
That salva-tion lets their wings unfold.

   D
So when I'm lying in my bed,

   A/C#   **A**
Thoughts running through my head

  E
And I feel that love is dead,

D   **A/C#**   **E**
 I'm loving angels instead.

Chorus 1

    B
And through it all __

    C#m
She offers me protection,

   A
A lot of love and affection,

Asus²   **E**
Whether I'm right or wrong.

B

cont.   And down the waterfall, ___

         C♯m

     Wherever it may take me,

             A

     I know that life won't break me,

     Asus²   **E/G♯**

     When I come to call.

          F♯m

     She won't forsake me,

     Dadd² **A/C♯**   **E**

      I'm loving angels instead.

     (E)

Verse 2 When I'm feeling weak,

               Asus²   **A C♯m/A B**

     And my pain walks down a one way street,

         E

     I look above

                Asus² **A C♯m/A B**

     And I know I'll always be blessed with love.

       D

     And as the feeling grows,

         A/C♯   **A**

     She brings flesh to my bones,

        E

     And when love is dead,

     Dadd² **A/C♯**   **E**

      I'm loving angels instead.

Chorus 2 As Chorus 1

Slide solo ‖: Bm | F♯m/A | E | E   :‖ *Play 3 times*

      | Bm | F♯m/A | E/G♯ ‖

Chorus 3 As Chorus 1

Baby One More Time

Words & Music by
Max Martin

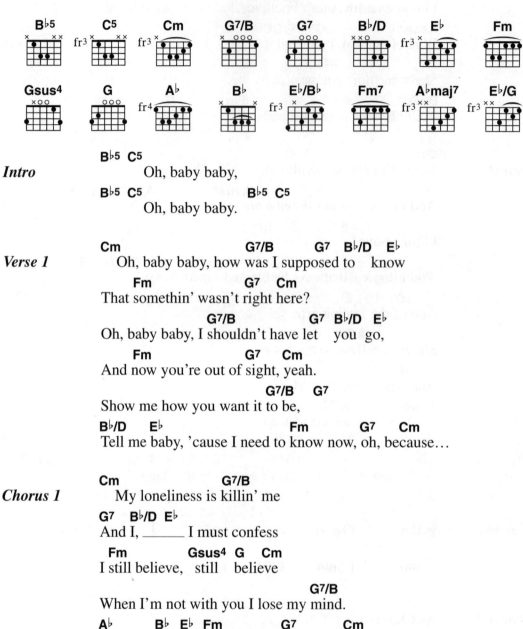

Intro

B♭5 C5
Oh, baby baby,

B♭5 C5   B♭5 C5
Oh, baby baby.

Verse 1

Cm   G7/B   G7 B♭/D E♭
Oh, baby baby, how was I supposed to   know

Fm   G7   Cm
That somethin' wasn't right here?

G7/B   G7 B♭/D E♭
Oh, baby baby, I shouldn't have let   you go,

Fm   G7   Cm
And now you're out of sight, yeah.

G7/B   G7
Show me how you want it to be,

B♭/D   E♭   Fm   G7   Cm
Tell me baby, 'cause I need to know now, oh, because…

Chorus 1

Cm   G7/B
My loneliness is killin' me

G7   B♭/D E♭
And I, _____ I must confess

Fm   Gsus4 G   Cm
I still believe,   still   believe

G7/B
When I'm not with you I lose my mind.

A♭   B♭ E♭ Fm   G7   Cm
Give me a sign, hit me baby one more time.

Verse 2

     Cm   G7/B   G7   B♭/D E♭
Oh, baby baby, the reason I breathe is   you,

Fm   G7 Cm
Boy, you got me blinded.

                             G7/B   G7 B♭/D   E♭
Oh pretty baby, there's nothing that I __ wouldn't do,

   Fm   G7   Cm
It's not the way I planned it.

                       G7/B   G7
Show me how you want it to be,

B♭/D   E♭   Fm   G7   Cm
Tell me baby, 'cause I need to know now, oh, because…

Chorus 2

    Cm   G7/B
   My loneliness is killin' me

G7 B♭/D E♭
And I, _____ I must confess

 Fm   Gsus4 G Cm
I still believe, still   believe

                               G7/B
When I'm not with you I lose my mind.

A♭   B♭ E♭ Cm   G7   Cm
Give me a sign, hit me baby one more time.

Middle

    C5
   Oh baby baby.

B♭5 C5
Oh,   oh, oh baby baby.

                 B♭5 C5
Ah yeah, yeah.

Cm   G7/B   G7 B♭/D E♭/B♭ | Fm Gsus4 G |
   Oh baby baby, how was I supposed to   know?

A♭   B♭   Fm7 A♭
   Oh pretty baby, I shouldn't have let you go. _____

B♭   Cm   G7/B
I must confess that my loneliness

  G7   B♭/D E♭
Is killin' me now,

            Fm   Gsus4 G A♭
Don't you know I still   believe

                   B♭   A♭maj7 E♭/G
That you will be here and give me a sign.

Fm   B♭   G7/B
Hit me baby, one more time.

Chorus 3   ‖: As Chorus 1 :‖

A Design For Life

Words & Music by
Nicky Wire

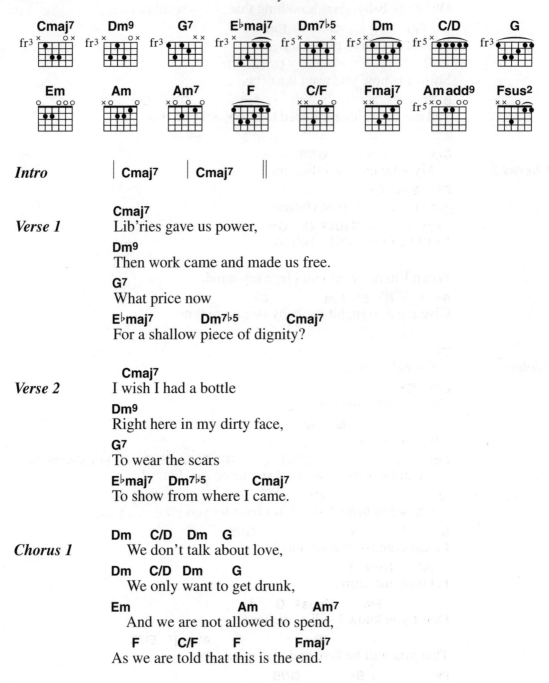

Intro | Cmaj7 | Cmaj7 ‖

Verse 1

Cmaj7
Lib'ries gave us power,

Dm9
Then work came and made us free.

G7
What price now

E♭maj7   Dm7♭5   Cmaj7
For a shallow piece of dignity?

Verse 2

Cmaj7
I wish I had a bottle

Dm9
Right here in my dirty face,

G7
To wear the scars

E♭maj7   Dm7♭5   Cmaj7
To show from where I came.

Chorus 1

Dm   C/D   Dm   G
We don't talk about love,

Dm   C/D   Dm   G
We only want to get drunk,

Em   Am   Am7
And we are not allowed to spend,

F   C/F   F   Fmaj7
As we are told that this is the end.

Am add⁹ **F**
A design for life,

Am add⁹ **F**
A design for life,

Am add⁹ **F**
A design for life,

Fsus²   **Cmaj⁷**
A design for life.

Verse 3

  Cmaj⁷
I wish I had a bottle

Dm⁹
Right here in my pretty face,

G⁷
To wear the scars

E♭maj⁷ **Dm7♭5**   **Cmaj⁷**
To show from where I came.

Chorus 2   As Chorus 1

Instrumental | **Cmaj⁷** | **Cmaj⁷** | **Dm⁹** | **Dm⁹** | **G⁷** | |

  | **G⁷** | **E♭maj⁷** | **Dm7♭5** | **Cmaj⁷** | **Cmaj⁷** || |

Chorus 3

Dm   C/D   Dm   G
  We don't talk about love,

Dm   C/D   Dm   G
  We only want to get drunk,

Em   **Am**   **Am⁷**
  And we are not allowed to spend,

   F   **C/F**   **F**   **Fmaj⁷**
As we are told that this is the end.

Am add⁹ **F**
A design for life,

Am add⁹ **F**
A design for life,

Am add⁹ **F**
A design for life,

Fsus²   **N.C.**
A design for life… *Drums to end.*

Common People

Words by Jarvis Cocker
Music by Pulp

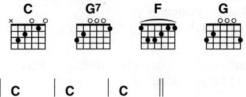

Intro | C | C | C | C ||

Verse 1

C
   She came from Greece, she had a thirst for knowledge,

She studied sculpture at St. Martin's college,

         G7
That's where I caught her eye.

C
   She told me that her dad was loaded,

I said "In that case I'll have rum and Coca Cola,"

         G7
She said "Fine."

And then in thirty seconds time she said

F
   "I want to live like common people,

                         C
I want to do whatever common people do,

Want to sleep with common people,

                     G
I want to sleep with common people like you."

Well, what else could I do?

                   C
I said, "I'll... I'll see what I can do."

Verse 2

    (C)
I took her to a supermarket,

                                                          G
I don't know why but I had to start it somewhere, so it started there.

C
   I said "Pretend you've got no money,"

                                          G
She just laughed and said "Oh, you're so funny," I said "Yeah?

Well I can't see anyone else smiling in here,

       F
Are you sure you want to live like common people,

                           C
You want to see whatever common people see,

You want to sleep with common people,

                         G
You want to sleep with common people like me?"

                                  C
But she didn't understand, she just smiled and held my hand.

Verse 3

Rent a flat above a shop, cut your hair and get a job,

   G7
Smoke some fags and play some pool, pretend you never went to school,

   C
But still you'll never get it right 'cause when you're laid in bed at night

   G7
Watching 'roaches climb the wall,

If you called your dad he could stop it all, yeah.

F
   You'll never live like common people,

                         C
You'll never do whatever common people do.

You'll never fail like common people,

                     G
You'll never watch your life slide out of view,

And then dance and drink and screw

             C
Because there's nothing else to do.

Instrumental ‖: C | C | C | C | G | G | G | G   :‖

Verse 4

          F
      Sing along with the common people,

                                C
Sing along and it might just get you through.

Laugh along with the common people,

                                    G
Laugh along even though they're laughing at you,

And the stupid things that you do,

                   C
Because you think that poor is cool.

Verse 5

Like a dog lying in the corner,

They will bite you and never warn you,

  G7
Look out, they'll tear your insides out,

C
   'Cause everybody hates a tourist,

                           G7
Especially one who thinks it's all such a laugh,

And the chip stains and grease will come out in the bath.

      F
You will never understand how it feels to live your life

      C
With no meaning or control and with nowhere left to go.

      G
You are amazed that they exist,

                            C
And they burn so bright whilst you can only wonder why.

Verse 6   As Verse 3

| C | C | C | C ‖

(C)
‖: Want to live with common people like you. :‖ *Play 7 times*

‖: Oh, la, la, la, la. :‖ *Play 4 times*

Oh yeah.

The Day We Caught The Train

Words & Music by
Steve Cradock, Damon Minchella, Oscar Harrison & Simon Fowler

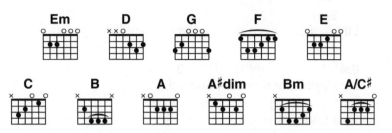

Verse 1

   Em   **D**
Never saw it as the start,

       G
It's more a change of heart.

F
Rapping on the windows,

                         E
Whistling down the chimney pot,

G   **D**
Blowing off the dust in the room where I forgot

  C   **B**
I laid my plans in solid rock.

Em
Stepping through the door like a troubadour,

           A
Whiling just an hour away,

Em
Looking at the trees on the roadside,

      A
Feeling it's a holiday.

Pre-chorus 1

D   **A#dim**
You and I should ride the coast

      Bm   **A/C#**   **Em**
And wind up in our fav'rite coats just miles away.

G
  Roll a number,

             A
Write another song like Jimmy heard

            D
The day he caught the train.

Chorus 1

      D   **A**   **G**
    Oh __ la la, __

        Em   **D**
Oh __ la la, __

      A   **G**
Oh __ la la, __

      Em
Oh __ la.

Verse 2

Em   **D**
He sipped another rum and coke

          G
And told a dirty joke.

F
Walking like Groucho,

                E
Sucking on a Number Ten.

G   **D**
Rolling on the floor with the cigarette burns walked in.

       C   **B**
I'll miss the crush and I'm home again.

Em
Stepping through the door with the night in store,

           A
Whiling just an hour away,

Em
Step into the sky in the star bright

         A
Feeling it's a brighter day.

Pre-chorus 2

D   **A♯dim**
You and I should ride the coast

      Bm   **A/C♯**   **Em**
And wind up in our fav'rite coats just miles away.

G
   Roll a number,

                   A
Write another song like Jimmy heard

                D
The day he caught the train.

Chorus 2

D   **A**   **G**
    Oh __ la la, __

       Em   **D**
Oh __ la la, __

      A   **G**
Oh __ la la, __

      Em
Oh __ la.

Middle 1

        A
You and I should ride the tracks

                                                              D
And find ourselves just wading through tomorrow.

        A
And you and I when we're coming down,

                                                           D
We're only getting back and you know I feel no sorrow.

Instrumental | D | A | G | Em |

                     | D | A | G | Em ||

Chorus 3

    D   A   G
  Oh __ la la, __

  Em   D
Oh __ la la, __

     A   G
Oh __ la la, __

    Em
Oh __ la.

Middle 2

    D   A
‖: When you find that things are getting wild,

      G   Em
But don't you want days like these?

D   A
When you find that things are getting wild,

      G   Em
But don't you want days like these? :‖

Chorus 4

    D   A   G
‖: Oh __ la la, __

  Em   D
Oh __ la la, __

     A   G
Oh __ la la, __

    Em
Oh __ la. :‖ *Repeat to fade*

Don't Speak

Words & Music by
Eric Stefani & Gwen Stefani

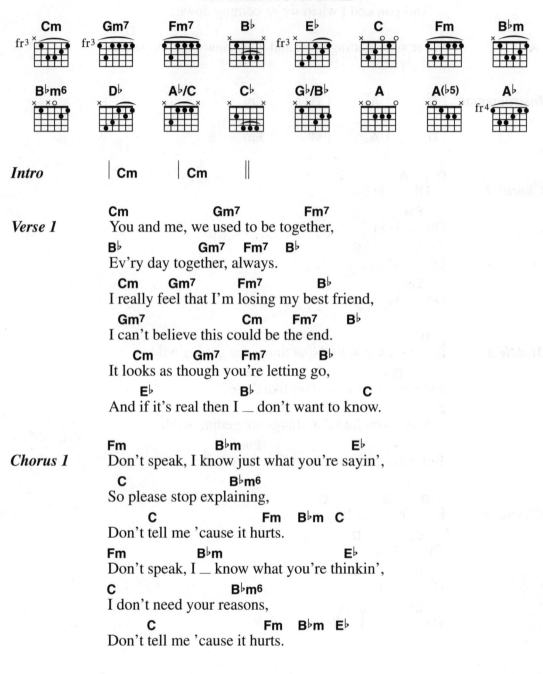

Intro | Cm | Cm ||

Verse 1
    Cm   Gm7   Fm7
You and me, we used to be together,
    B♭   Gm7 Fm7 B♭
Ev'ry day together, always.
    Cm   Gm7   Fm7   B♭
I really feel that I'm losing my best friend,
    Gm7   Cm   Fm7   B♭
I can't believe this could be the end.
     Cm   Gm7   Fm7   B♭
It looks as though you're letting go,
        E♭   B♭   C
And if it's real then I __ don't want to know.

Chorus 1
    Fm   B♭m   E♭
Don't speak, I know just what you're sayin',
     C   B♭m6
So please stop explaining,
          C   Fm B♭m C
Don't tell me 'cause it hurts.
    Fm   B♭m   E♭
Don't speak, I __ know what you're thinkin',
    C   B♭m6
I don't need your reasons,
        C   Fm B♭m E♭
Don't tell me 'cause it hurts.

Verse 2

    Cm   Gm7   Fm7

Old memories, they can be inviting

       B♭   Gm7 Fm7   B♭

But some are all together mighty frightening,

   Cm Gm7 Fm7   B♭

As we die both you and I ___

  E♭   B♭   C

  With my head in my hands I'll soon be crying.

Chorus 2

   Fm   B♭m   E♭

Don't speak, I know just what you're sayin',

   C   B♭m6

So please stop explaining,

     C   Fm B♭m C

Don't tell me 'cause it hurts.

  Fm   B♭m   E♭

Don't speak, I ___ know what you're thinkin',

 C   B♭m6

I don't need your reasons,

    C   Fm

Don't tell me 'cause it hurts.

Middle

   D♭   A♭/C

It's all ending,

         C♭   G♭/B♭

We've got to stop pretending

       A A(♭5) A♭

Who we are.

Instrumental ‖: Cm Gm7 | Fm7 B♭ :‖ *Play 3 times*

      | Gm7 Cm A♭ | Fm   ‖

Link

   Cm   Gm7

You and me,

   Fm7   B♭ Fm7   B♭

I can see us dying, aren't we? ___

Chorus 3

Fm   B♭m   E♭
Don't speak, I know just what you're sayin',

   C   B♭m6
So please stop explaining,

         C   Fm   B♭m   C
Don't tell me 'cause it hurts.

Fm   B♭m   E♭
Don't speak, I __ know what you're thinkin',

C   B♭m6
I don't need your reasons,

       C   Fm
Don't tell me 'cause it hurts,

    B♭m   C   (Fm)
Don't tell me 'cause it (hurts.)

Outro

   Fm   B♭m   E♭
‖: Don't speak, I know just what you're sayin',

   C   B♭m6
So please stop explaining,

         C   Fm   B♭m   C
Don't tell me 'cause it hurts.

Fm   B♭m   E♭
Don't speak, I __ know what you're thinkin',

C   B♭m6
I don't need your reasons,

              C
I know you're good,

             Fm
I know you're good,

           B♭m   C
I know you're real good.   :‖   *Repeat to fade*
                                       with vocal ad lib.

I Believe I Can Fly

Words & Music by
R. Kelly

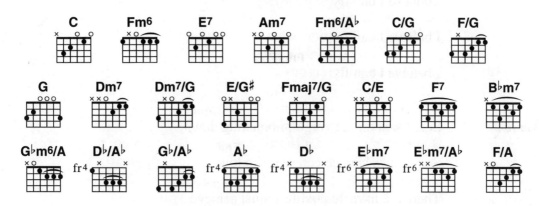

Verse 1

      C   Fm6
I used to think that I could not go on,

         C   Fm6
And life was nothing but an awful song.

        C   Fm6
But now I know the meaning of true love,

        C   Fm6
I'm leaning on the everlasting arms.

Pre-chorus 1

E7   Am7
If I can see it,

              Fm6/A♭
Then I can do it,

          C/G
If I just believe it,

                F/G   G
There's nothing to it. ___

Chorus 1

                C
I believe I can fly,

                Am7
I believe I can touch the sky,

                     Dm7
I think about it every night and day,

                    Dm7/G
Spread my wings and fly away.

cont.

      E/G♯   **Am7**
I believe I can soar,

                    Fm6/A♭
See me running through that open door,

        C/G
I believe I can fly,

        Fm6
I believe I can fly,

        Am7   **Fmaj7/G**
I believe I can fly.

Verse 2

     C   **Fm6**
See, I was on the verge of breaking down,

C   **Fm6**
Sometimes silence can seem so loud,

        C   **Fm6**
There are miracles in life I must achieve,

      C   **Fm6**
But first I know it stops inside of me.

Pre-chorus 2

E7   **Am7**
Oh, if I can see it,

      Fm6/A♭
Then I can be it,

      C/G
If I just believe it,

          F/G   **G**
There's nothing to it. ___

Chorus 2

        C
I believe I can fly,

      Am7
I believe I can touch the sky,

       Dm7
I think about it every night and day,

       Dm7/G
Spread my wings and fly away.

   E/G♯   **Am7**
I believe I can soar,

                    Fm6/A♭
See me running through that open door,

        C/G
I believe I can fly,

        Fm6
I believe I can fly,

        Am7
I believe I can fly,

Dm7   **C/E**   **F/G**
 'Cause I believe in you, oh.

Pre-chorus 3

    F7   **B♭m7**
If I can see it,

          G♭m6/A
Then I can do it,

        D♭/A♭
If I just believe it,

          G♭/A♭
There's nothing to it.

Chorus 3

    A♭   **D♭**
  I believe I can fly,

        B♭m7
I believe I can touch the sky,

          E♭m7
I think about it every night and day,

          E♭m7/A♭
Spread my wings and fly away.

    F/A   **B♭m7**
I believe I can soar,

             G♭m6/A
See me running through that open door,

      D♭/A♭
I believe I can fly,

      G♭m6/A
I believe I can fly,

      D♭/A♭
I believe I can fly,

      G♭m6/A
If I just spread my wings,

      D♭/A♭
I believe I can fly,

G♭m6/A **D♭**
  Mm, fly-y-y.

(Everything I Do) I Do It For You

Words by Bryan Adams & Robert John 'Mutt' Lange
Music by Michael Kamen

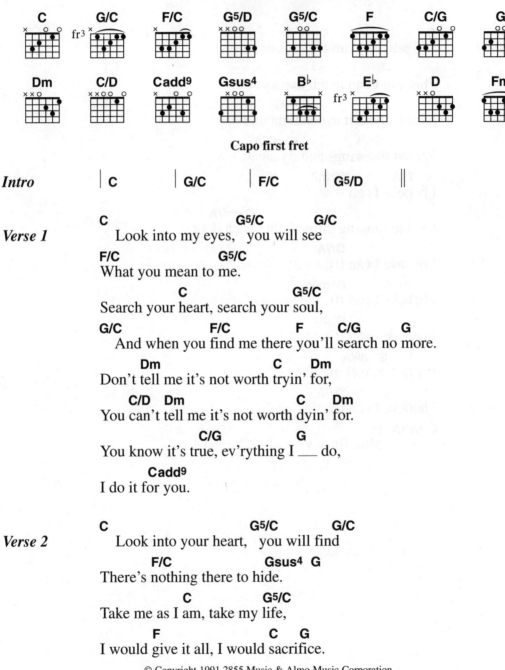

C   G/C   F/C   G⁵/D   G⁵/C   F   C/G   G

Dm   C/D   Cadd⁹   Gsus⁴   B♭   E♭   D   Fm

Capo first fret

Intro | C | G/C | F/C | G⁵/D ‖

Verse 1

      C   G⁵/C   G/C
Look into my eyes,   you will see

F/C   G⁵/C
What you mean to me.

               C   G⁵/C
Search your heart, search your soul,

  G/C   F/C   F   C/G   G
And when you find me there you'll search no more.

           Dm   C   Dm
Don't tell me it's not worth tryin' for,

     C/D   Dm   C   Dm
You can't tell me it's not worth dyin' for.

                C/G   G
You know it's true, ev'rything I __ do,

          Cadd⁹
I do it for you.

Verse 2

      C   G⁵/C   G/C
Look into your heart, you will find

        F/C   Gsus⁴ G
There's nothing there to hide.

                C   G⁵/C
Take me as I am, take my life,

          F   C   G
I would give it all, I would sacrifice.

cont.

             Dm   **C**   **Dm**
Don't tell me it's not worth fightin' for,

     C/D **Dm**   **C**   **Dm**
I can't help it, there's nothin' I want more.

                C   **G**
You know it's true, ev'rything I __ do,

          C   **F/C** **C**
I do it for you.

Middle

      C   **B♭**   **E♭**
   There's no love like your love

        B♭   **F**
And no other could give more love.

        C   **G**
There's nowhere unless you're there

        D   **G**
All this time, all the way, yeah.

Guitar solo   ‖:**F** | **F** | **C** | **C** :‖

Verse 3

             Dm   **G**
Oh, you can't tell me it's not worth tryin' for,

        Dm   **G**
I can't help it, there's nothin' I want more.

          C
Yeah, I would fight for you,

    G   **F**
I'd lie for you, walk the wire for you;

       Fm
Yeah, I'd die for you.

         C   **Gsus4**
You know it's true, ev'rything I __ do,

G **F** **Dm**   **C**
  Oh,   I do it for you.

Outro   ‖:**F** | **F** | **C** | **C** :‖ *Play 8 times then fade*
With vocal ad libs.

The Life Of Riley

Words & Music by
Ian Broudie

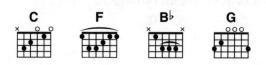

Intro |C   F |B♭   F B♭ F|C   F |B♭   F B♭ F|

|C |C |C |C   ‖

Verse 1
C
Lost in the milky way,
F
Smile at the empty sky
C
And wait for the moment
F
A million chances may all collide.

Verse 2
C
I'll be the guiding light,
F
Swim to me through stars
C
That shine down and call
F
To the sleeping world as they fall to earth.

Pre-chorus 1
C
So here's your life,
F
We'll find our way,
C
We're sailing blind,
F
But it's certain nothing's certain.

Chorus 1

    C
I don't mind,
    F   C
I _ get the feeling you'll be fine,
    F   C
I _ still believe that in this world
      F   G
We've got to find the time,
            C F | B♭ F B♭ F | C F | B♭   F B♭ (F) ‖
For the life of Riley.

Verse 3

    F   C
From cradles and sleepless nights,
      F
You breathe in life forever,
      C
And stare at the world
              F
From deep under eiderdown.

Pre-chorus 2

      C
So here's your life,
        F
We'll find our way,
      C
We're sailing blind,
       F
But it's certain nothing's certain.

Chorus 2

  C
I don't mind,
    F   C
I _ get the feeling you'll be fine,
    F   C
I _ still believe that in this world
      F   G
We've got to find the time

For the first time.

Chorus 3

  C
I don't mind,
    F   C
I _ get the feeling you'll be fine,
    F   C
I _ still believe that in this world

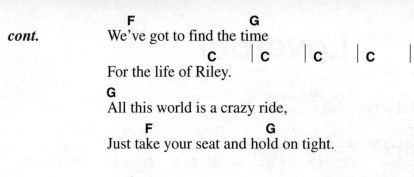

                                F   G
cont.   We've got to find the time
                                        C | C | C | C |
                    For the life of Riley.
                    G
                    All this world is a crazy ride,
                            F   G
                    Just take your seat and hold on tight.

                                C
Pre-chorus 3   So here's your life,
                            F
                    We'll find our way,
                            C
                    We're sailing blind,
                            F
                    But it's certain nothing's certain.

                    C
Chorus 4   I don't mind,
                     F   C
                    I — get the feeling you'll be fine,
                     F   C
                    I — still believe that in this world
                        F   G
                    We've got to find the time,

                    For the first time.

                    C
Chorus 5   I don't mind,
                     F   C
                    I — get the feeling you'll be fine,
                     F   C
                    I — still believe that in this world
                        F   G
                    We've got to find the time,
                                    C   F
                    For the life of Riley,
                    B♭   F B♭ F C   F
                      The life of Ri - ley,
                    B♭   F B♭ F C   F
                      The life of Ri - ley,
                    B♭   F B♭ F C
                      The life of Ri - ley.

Lovefool

Words & Music by
Peter Svensson & Nina Persson

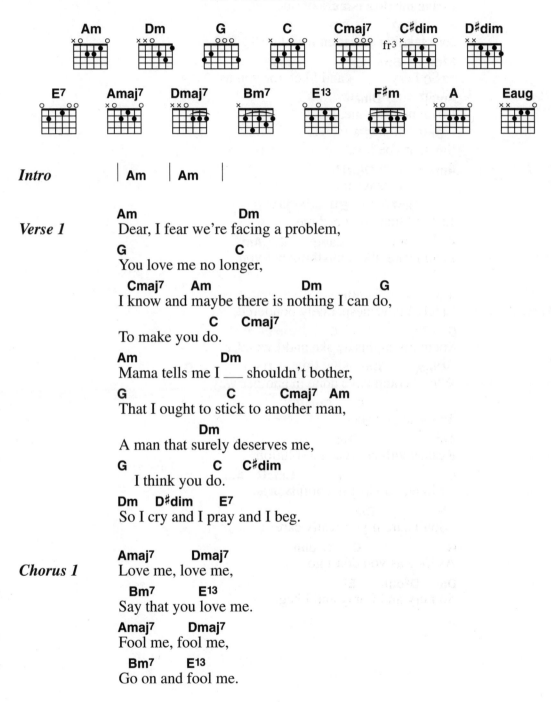

Intro | Am | Am |

Verse 1

Am   **Dm**
Dear, I fear we're facing a problem,

G   **C**
You love me no longer,

  Cmaj7   **Am**   **Dm**   **G**
I know and maybe there is nothing I can do,

              C   **Cmaj7**
To make you do.

Am   **Dm**
Mama tells me I __ shouldn't bother,

G   **C**   **Cmaj7 Am**
That I ought to stick to another man,

              Dm
A man that surely deserves me,

G   **C**   **C♯dim**
  I think you do.

Dm   **D♯dim**   **E7**
So I cry and I pray and I beg.

Chorus 1

  Amaj7   **Dmaj7**
Love me, love me,

  Bm7   **E13**
Say that you love me.

Amaj7   **Dmaj7**
Fool me, fool me,

  Bm7   **E13**
Go on and fool me.

cont.

Amaj⁷   **Dmaj⁷**
Love me, love me,

     Bm⁷   **E¹³**
Pretend that you love me.

Amaj⁷   **Dmaj⁷**
Leave me, leave me.

     Bm⁷   **E¹³**
Just say that you need me.

F♯m   **Bm⁷ E¹³**   **Amaj⁷**
  So I cry   and I beg for you to

Amaj⁷   **Dmaj⁷**
Love me, love me,

  Bm⁷   **E¹³**
Say that you love me,

Amaj⁷   **Dmaj⁷**
Leave me, leave me.

     Bm⁷   **E¹³**
Just say that you need me,

A   **Dm**   **Eaug**   **Am**
I can't care about anything but you.

Verse 2

    Am   **Dm**
Lately I have desperately pondered,

G   **C**
Spent my nights awake and I wonder,

  Cmaj⁷   **Am**   **Dm**   **G**
What I could have done in another way

          C   **Cmaj⁷**
To make you stay.

Am   **Dm**
Reason will not reach a solution,

G   **C**   **Cmaj⁷ Am**
I will end up lost in confusion,

         Dm
I don't care if you really care

G   **C**   **C♯dim**
As long as you don't go,

Dm **D♯dim**   **E⁷**
So I cry and I pray and I beg.

Chorus 2

Amaj⁷   **Dmaj⁷**
Love me, love me,

  Bm⁷   **E13**
Say that you love me.

Amaj⁷   **Dmaj⁷**
Fool me, fool me,

  Bm⁷   **E13**
Go on and fool me.

Amaj⁷   **Dmaj⁷**
Love me, love me,

    Bm⁷   **E13**
I know that you need me.

Amaj⁷   **Dmaj⁷**
Leave me, leave me.

    Bm⁷   **E13**
Just say that you need me.

F♯m   **Bm⁷** **E13**   **Amaj⁷**
  So I cry   and I beg for you to

Amaj⁷   **Dmaj⁷**
Love me, love me,

  Bm⁷   **E13**
Say that you love me,

Amaj⁷   **Dmaj⁷**
Leave me, leave me.

    Bm⁷   **E13**
Just say that you need me,

A   **Dm**   **Eaug**   **Amaj⁷**   **Dmaj⁷**
I don't care about anything but you,

Bm⁷   **A**   **Amaj⁷** **Dmaj⁷** | **Bm⁷**   **E13** |
Any - thing but you.

Chorus 3

Amaj⁷   **Dmaj⁷**
Love me, love me,

  Bm⁷   **E13**
Say that you love me.

Amaj⁷   **Dmaj⁷**
Fool me, fool me,

  Bm⁷   **E13**
Go on and fool me.

Amaj⁷   **Dmaj⁷**
Love me, love me,

    Bm⁷   **E13**
Pretend that you love me.

A   **Dm**   **Eaug**   **Am**
I can't care about anything but you.

One

Words & Music by
U2

Am   **D**   **Fmaj7**   **G**   **C**

Intro
| Am | D | Fmaj7 | G ‖

Verse 1

Am   **D**
Is it getting better,

Fmaj7   **G**
Or do you feel the same?

Am   **D**
Will it make it easier on you,

Fmaj7   **G**
Now   you got someone to blame?

Chorus 1

          C   **Am**
You say   one love,   one life,

Fmaj7   **C**
When it's one need   in the night.

        Am
One love,   we get to share it,

Fmaj7   **C**
Leaves you baby if you   don't care for it.

| Am | D | Fmaj7 | G ‖

Verse 2

Am   **D**
Did I disappoint you,

Fmaj7   **G**
Or leave a bad taste in your mouth?

Am   **D**
You act like you never had love

Fmaj7   **G**
And you want me to go without.

Chorus 2

       C   **Am**
Well it's too late tonight

Fmaj7   **C**
  To drag the past out into the light.

               Am
We're one, but we're not the same.

       Fmaj7   **C**
We get to carry each other, carry each other… one!

| **Am** | **D** | **Fmaj7** | **G** |

Verse 3

Am   **D**
  Have you come here for forgiveness,

Fmaj7   **G**
  Have you come to raise the dead?

Am   **D**
  Have you come here to play Jesus

Fmaj7   **G**
  To the lepers in your head?

Chorus 3

C   **Am**
  Did I ask too much, more than a lot?

Fmaj7   **C**
  You gave me nothing, now it's all I got.

               Am
We're one, but we're not the same,

       Fmaj7   **C**
Well, we hurt each other, then we do it again.

Middle

               Am
You say love is a temple, love a higher law:

  C   **Am**
Love is a temple, love the higher law.

  C   **G**
You ask me to enter, but then you make me crawl;

           Fmaj7
And I can't be holding on to what you got,

          C
When all you got is hurt.

Chorus 4

    C   **Am**
One love,   one blood,

Fmaj7   **C**
  One life, you got to do what you should.

         Am
One life,   with each other,

Fmaj7   **C**
  Sisters,   brothers.

              Am
One life, but we're   not the same,

        Fmaj7   **C**
We get to   carry each other, carry each other.

Outro

     Am **Fmaj7** **C**
One,   one.

| **C** | **Am** | **Fmaj7** | **C** | |

     Am
Ooh, _____ oh,

Fmaj7   **C**   **Am**
  Baby, baby, baby, ha, _____

    Fmaj7 **C** **Am**   **Fmaj7**   **C**
Ha, _____   ha, _____ ah, _____ ha. _____

Torn

Words & Music by
Anne Preven, Scott Cutler & Phil Thornalley

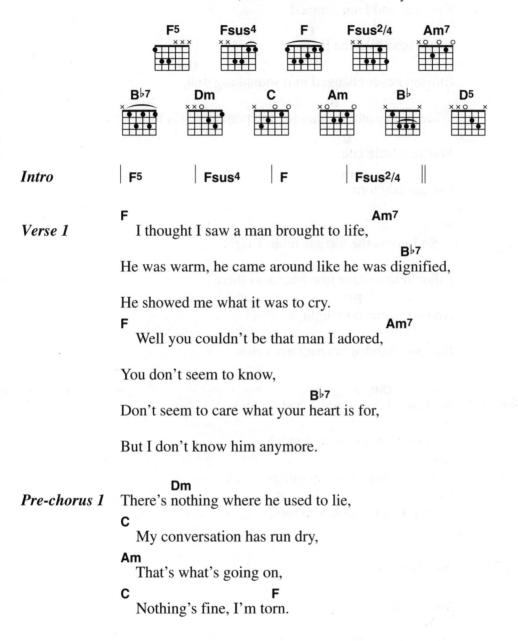

Intro | F5 | Fsus4 | F | Fsus2/4 ‖

Verse 1

F   Am7
   I thought I saw a man brought to life,

                                              Bb7
He was warm, he came around like he was dignified,

He showed me what it was to cry.

F   Am7
   Well you couldn't be that man I adored,

You don't seem to know,

                      Bb7
Don't seem to care what your heart is for,

But I don't know him anymore.

Pre-chorus 1

           Dm
There's nothing where he used to lie,

C
   My conversation has run dry,

Am
   That's what's going on,

C   F
   Nothing's fine, I'm torn.

Chorus 1

            C
I'm all out of faith,

          Dm
This is how I feel,

              B♭
I'm cold and I am shamed

             F
Lying naked on the floor.

            C   **Dm**
Illusion never changed into something real,

       B♭   **F**
Wide awake and I _ can see the perfect sky is torn,

        C
You're a little late,

       Dm
I'm already torn.

Verse 2

      F   **Am⁷**
So I guess the fortune teller's right.

I should have seen just what was there

      B♭**⁷**
And not some holy light,

But you crawled beneath my veins.

Pre-chorus 2

         Dm
And now I don't care, I had no luck,

C
  I don't miss it all that much,

Am
  There's just so many things

C   **F**
  That I can search, I'm torn.

Chorus 2   As Chorus 1

Dm   **B**♭
Torn

D⁵   **F**   **C**
Oo, oo, oo. _____

Pre-chorus 3

        Dm
There's nothing where he used to lie,

   C
  My inspiration has run dry,

Am
  That's what's going on,

  C   F
  Nothing's right, I'm torn.

Chorus 3

             C
I'm all out of faith,

        Dm
This is how I feel,

              B♭
I'm cold and I am shamed,

            F
Lying naked on the floor.

            C   Dm
Illusion never changed into something real,

        B♭   F
Wide awake and I _ can see the perfect sky is torn.

Chorus 4

             C
I'm all out of faith,

        Dm
This is how I feel,

              B♭
I'm cold and I'm ashamed,

             F
Bound and broken on the floor.

        C
You're a little late,

        Dm   B♭
I'm already torn…

Dm   C
Torn…

Repeat Chorus ad lib. to fade

2 Become 1

Words & Music by Victoria Aadams, Melanie Brown, Emma Bunton,
Melanie Chisholm, Geri Halliwell, Matt Rowe & Richard Stannard

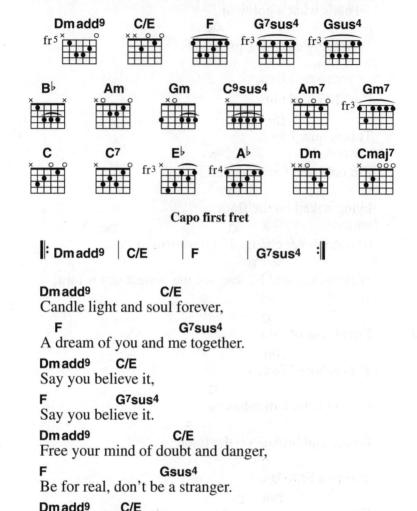

Capo first fret

Intro   ‖: Dmadd⁹ | C/E | F | G⁷sus⁴ :‖

Verse 1

Dmadd⁹   C/E
Candle light and soul forever,

    F   G⁷sus⁴
A dream of you and me together.

Dmadd⁹   C/E
Say you believe it,

    F   G⁷sus⁴
Say you believe it.

Dmadd⁹   C/E
Free your mind of doubt and danger,

F   Gsus⁴
Be for real, don't be a stranger.

Dmadd⁹   C/E
We can achieve it,

F   Gsus⁴ B♭
We can believe   it. __

                         Am   Gm
Come a little bit closer baby,

        C⁹sus⁴
Get it on, get it on,

               B♭   Am⁷
'Cause tonight is the night

        Gm⁷   C⁹sus⁴
When two become one.

Chorus 1

    F   C   B♭
I need some love like I never needed love before,

                           C
(Wanna make love to ya baby).

    F   C   B♭
I had a little love,   now I'm back for more,

                        C7
(Wanna make love to ya baby).

E♭   F
Set your spirit free,

        A♭ B♭   F
It's the only way to be.

Verse 2

Dmadd9   C/E
Silly games that you were playing,

F   G7sus4
Empty words we both were saying,

Dmadd9   C/E
Let's work it out boy,

F   G7sus4
Let's work it out boy.

Dmadd9   C/E
Any deal that we endeavour,

F   Gsus4
Boys and girls feel good together,

Dmadd9   C/E
Take it or leave it,

F   Gsus4 B♭
Take it or leave it. __

                     Am   Gm
Are you as good as I remember, baby?

         C9sus4
Get it on, get it on,

             B♭   Am7
'Cause tonight is the night

       Gm7   C9sus4
When two become one.

Chorus 2

    F   C   B♭
I need some love like I never needed love before,

                           C
(Wanna make love to ya baby).

    F   C   B♭
I had a little love,   now I'm back for more,

                        C7
(Wanna make love to ya baby).

cont.

    E♭   F
Set your spirit free,

        A♭ B♭   F
It's the only way to be.

Middle | **Dm** **C** | **B♭** | **Dm** **C** | **B♭** |
                                  Oh,   Oh, __

B♭   **Am**   **Gm**
  Be a little bit wiser baby,

        C⁹sus⁴
Put it on, put it on,

        B♭   **Am⁷**
'Cause tonight is the night

    Gm⁷   **C⁹sus⁴**
When two become one.

Chorus 3
     F   **C**   **B♭**
I need some love like I never needed love before,

                C
(Wanna make love to ya baby).

    F   **C**   **B♭**
I had a little love, now I'm back for more,

              Cmaj⁷
(Wanna make love to ya baby).

     F   **C**   **B♭**
I need some love like I never needed love before,

                C
(Wanna make love to ya baby).

    F   **C**   **B♭**
I had a little love, now I'm back for more,

              C⁷
(Wanna make love to ya baby).

E♭   **F**
Set your spirit free,

        A♭ **B♭**   **F**
‖: It's the only way to be.

| **A♭** **B♭** **F** :‖ *Repeat to fade*

38

What Can I Do

Words & Music by
Andrea Corr, Caroline Corr, Sharon Corr & Jim Corr

A	E/G♯	D	A/C♯	E	Bm⁷	F♯m	Dmaj⁷

Intro

A	E/G♯

A   E/G♯
Do do do do do do do do

D
Do do do   do do do,

A/C♯   E
Do do do do do do do do

Bm⁷
Do do do   do do do.

Verse 1

A E/G♯   D
I haven't slept at all in days

A/C♯   E   Bm⁷
It's been so long since we've talked

A   E/G♯   D
And I have been here many ti____ mes

A/C♯   E   Bm⁷
I just don't know what I'm doing wrong.

Chorus 1

A   E/G♯   D
What can I do to make you love me?

A/C♯   E   Bm⁷
What can I do to make you care?

A   E/G♯   D
What can I say to make you feel this?

A/C♯   E   Bm⁷
What can I do to get you there?

Verse 2

A   E/G♯   D
There's only so much I can take

A/C♯ E   Bm⁷
And I just got to let it go,

A   E/G♯   D
And who knows I might feel better, yea - - eah

A/C♯ E   Bm⁷
If I don't try and I don't hope.

Chorus 2   As Chorus 1

Bridge

F♯m   Dmaj⁷ E Dmaj⁷ E
No more waiting, no more aching _____

F♯m   Dmaj⁷ E Dmaj⁷ E
No more fighting, no more trying _____

Verse 3

A   D
Maybe there's nothing more to say

A   E   Bm⁷
And in a funny way I'm caught

A   E D
Because the power is not mine

A   E   Bm⁷
I'm just gonna let it fly.

Chorus 3

A   E   D
What can I do to make you love me?

A   E   Bm7
What can I do to make you care?

A   E   D
What can I say to make you feel this?

A   E   Bm7
What can I do to get you there?

Chorus 4

A   E   D
What can I do to make you love me?

A   E   Bm7
What can I do to make you care?

A   E   D
What can I change to make you feel this?

A   E   Bm7   Dmaj7 E F♯m E
What can I do to get you there and lo - ove me?_____ (love me).

Coda

Dmaj7 E   F♯m E
Lo - o - o - ve me,   love me. *Repeat to fade*

Under The Bridge

Words & Music by
Anthony Kiedis, Flea, John Frusciante & Chad Smith

D   F♯   C♯m7   F♯m   E   F♯m/C♯

Intro   ‖: D | F♯ | D | F♯ :‖ F♯ ‖

Verse 1

C♯m7
    Sometimes I feel like I don't have a father,

Sometimes I feel like my only friend

Is the city I live in, the city of cities,

Lonely as I am, together we cry, we cry, we cry.

Chorus 1

F♯m   E
I don't ever wanna feel
             F♯m/C♯
Like I did that day.
F♯m   E
Take me to the place I love,
             F♯m/C♯
Take me all the way.
F♯m   E
I don't ever wanna feel
             F♯m/C♯
Like I did that day.
F♯m   E
Take me to the place I love,
             F♯m/C♯
Take me all the way.

Link 1 | D | F♯ | D | F♯ ‖

Verse 2

C#m7
     I drive on the streets, 'cause he's my companion,

I walk through his fields, 'cause he knows who I am,

He sees my good deeds then he kisses me windy,

I never worried, and that is a lie.

Chorus 2   As Chorus 1

Link 2 | D | F# |

N.C.
One time… two time…

Three time… four time…

Verse 3

C#m7
     It's hard to believe, there's nobody out there,

It's hard to believe that I'm all alone.

At least I have his love, the city he loves me,

Lonely as I am, together we say.

Chorus 3   As Chorus 1

Link 3 | D | F# | D | F# | C#m7 ||

Chorus 4   As Chorus 1 with vocal ad lib.

Outro ||: D | F# | D | F#   :|| F# ||

You're Gorgeous

Words & Music by
Steven Jones

C/G   F/A   Fadd9   C   F   F/G

Intro | C/G | F/A | C/G | Fadd9 ‖

Verse 1
    C   F
Remember that tank top you bought me?
    C   F/G
You wrote "you're gorgeous" on it,
    C   F
You took me to your rented motor car
    C   F/G
And filmed me on the bonnet.

Verse 2
    C   F
You got me to hitch my knees up
    C   F/G
And pull my legs apart,
    C   F
You took an Instamatic camera,
    C   F/G
And pulled my sleeves around my heart.

Chorus 1
          C   F
Because you're gorgeous
      C   F/G
I'd do anything for you,
        C   F
Because you're gorgeous
    C   F/G
I know you'll get me through.

Verse 3

        C   **F**
You said my clothes were sexy,

    C   **F**
You tore away my shirt,

    C   **F**
You rubbed an ice cube on my chest,

    C   **F**
Snapped me 'til it hurt.

Chorus 2

                C   **F**
Because you're gorgeous

        C   **F/G**
I'd do anything for you,

                C   **F**
Because you're gorgeous

      C   **F/G**
I know you'll get me through.

Instrumental ‖: **C** | **F** | **C** | **F**   :‖ *Play 4 times*

Verse 4

    C   **F**
You said I wasn't cheap,

    C   **F/G**
You paid me twenty pounds,

    C   **F**
You promised to put me in a magazine

        C   **F/G**
On every table in every lounge.

Chorus 3 ‖:

               C   **F**
‖: Because you're gorgeous

        C   **F/G**
I'd do anything for you,

                C   **F**
Because you're gorgeous

      C   **F/G**
I know you'll get me through. :‖ *Repeat to fade*
                                                    with vocal ad lib.

Wonderwall

Words & Music by
Noel Gallagher

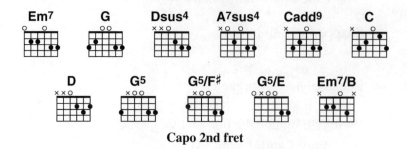

Capo 2nd fret

Intro ‖: Em⁷ G | Dsus⁴ | A⁷sus⁴ | Em⁷ G | Dsus⁴ | A⁷sus⁴ :‖

Verse 1

Em⁷　　　G
Today is gonna be the day

　　　　　Dsus⁴　　　　　　A⁷sus⁴
That they're gonna throw it back to you,

Em⁷　　　　G
By now you should have somehow

　　Dsus⁴　　　　　　A⁷sus⁴
Realised what you gotta do.

Em⁷　　　　　　　G　　　　Dsus⁴　　　　A⁷sus⁴
I don't believe that anybody feels the way I do

　　　　　Cadd⁹ Dsus⁴ | A⁷sus⁴ ‖
About you now.

Verse 2

Em⁷　　　　　　G
Back beat, the word is on the street

　　　Dsus⁴　　　　　A⁷sus⁴
That the fire in your heart is out,

Em⁷　　　　　　G
I'm sure you've heard it all before,

　　　Dsus⁴　　　　　　A⁷sus⁴
But you never really had a doubt.

Em⁷　　　　　　　G　　　　Dsus⁴　　　　A⁷sus⁴
I don't believe that anybody feels the way I do

　　　　Em⁷ G | Dsus⁴ A⁷sus⁴ ‖
About you now.

Bridge 1

        C   **D**   **Em**
And all the roads we have to walk are winding,

        C   **D**   **Em**
And all the lights that lead us there are blinding,

C   **D**   **G⁵**   **G⁵/F♯ G⁵/E**
There are many things that I would like to say to you

       G⁵   **A⁷sus⁴**
But I don't know how.

Chorus 1

        Cadd⁹   **Em⁷** | **G**
Because maybe,

      Em⁷   **Cadd⁹**   **Em⁷ G**
You're gonna be the one that saves me,

     Em⁷ Cadd⁹ **Em⁷** | **G**
And after all,

         Em⁷   **Cadd⁹** **Em⁷** | **G Em⁷/B** | **N.C. A⁷sus⁴** ‖
You're my wonderwall.

Verse 3

Em⁷   **G**
Today was gonna be the day,

      Dsus⁴   **A⁷sus⁴**
But they'll never throw it back at you,

Em⁷   **G**
By now you should have somehow

    Dsus⁴   **A⁷sus⁴**
Realised what you're not to do.

Em⁷   **G**   **Dsus⁴**   **A⁷sus⁴**
I don't believe that anybody feels the way I do

        Em⁷ G | **Dsus⁴ A⁷sus⁴** ‖
About you now.

Bridge 2

        C   **D**   **Em**
And all the roads that lead you there were winding,

        C   **D**   **Em**
And all the lights that light the way are blinding,

C   **D**   **G⁵**   **G⁵/F♯ G⁵/E**
There are many things that I would like to say to you

    G⁵   **A⁷sus⁴**
But I don't know how.

Chorus 2

             Cadd⁹   Em⁷ | G
I said maybe

     Em⁷   Cadd⁹   Em⁷ | G
You're gonna be the one that saves me

     Em⁷ Cadd⁹ Em⁷ | G
And after all

         Em⁷   Cadd⁹ Em⁷ | G Em⁷ ‖
You're my wonderwall.

Chorus 3   As Chorus 2

             Cadd⁹   Em⁷ | G
Outro   I said maybe

     Em⁷   Cadd⁹   Em⁷ | G
You're gonna be the one that saves me,

     Em⁷   Cadd⁹   Em⁷ | G
You're gonna be the one that saves me,

     Em⁷   Cadd⁹   Em⁷ | G Em⁷ ‖
You're gonna be the one that saves me.

Instrumental ‖: Cadd⁹ Em⁷ | G Em⁷ | Cadd⁹ Em⁷ | G Em⁷ :‖